Ilust.

El internado
Mont-Rose

edebé

Capítulo 1

La hora H

—¡**N**o iré!

¡Pum! Fleur cierra la puerta y, en una marea de cabellos rubios, se tira en plancha sobre su cama. Para llorar.

Diez segundos más tarde, entra Mamá.

—Ya tienes once años —suspira—, has de ser «razonable»...

Dicho de otro modo, Fleur se ve obligada a aceptar este hecho espantoso: hoy, domingo 3 de septiembre, se va a un internado.

—¡NO!

Con la cara hundida en su colección de peluches multicolores, añade entre hipos:

—¡No iré-e-e-e!

—*Es demasiado tarde para echarse atrás...* —replica Mamá.

Esta respuesta siempre aparece al final de los episodios de *Pormenores que matan,* la serie de televisión que Mamá protagoniza. ¡Y cuando Jessica Jewel habla como el personaje que le ha dado fama, una policía despiadada, llegan los problemas!

Su hija le echa un vistazo inquieta, pero Mamá sonríe:

–Es la mejor solución, cariño. Este año voy a estar rodando todo el tiempo, ya lo sabes. No podré ocuparme de ti y...

Su sonrisa se acentúa.

–...¡En el internado Mont-Rose harás amigas!

–Porque tú lo digas...

Fleur no tiene ni una sola amiga y eso es una espina clavada en su corazón. En los libros, siempre hay a-mi-gas-has-ta-la-muer-te. ¿Existe de verdad este tipo de amistad en la vida real? Fleur se lo pregunta a menudo.

–Entonces harás amigos –insiste su madre–, porque el colegio es mixto.

–¿Chicos? ¡No, gracias! Son todos idiotas.

Silencio.

–Venga –murmura Jessica Jewel–. Nos vamos.

El internado Mont-Rose se encuentra a 60 kiló-
metros de París, la entrada es a las cuatro de la tarde
y son ya las tres… ¡Hay que darse prisa!

Derrotada, Fleur coge su peluche preferido, Aristote, por una pata, y lo mete, refunfuñando, en su
mochila de color rosa pastel…

Dirección: ¡el internado!

●

–¡Al coche! –grita el señor Perrot, el papá de Anaïs.

Tras la verja del jardín, Zorro, el perro, un cruce
de razas con el pelo tan duro como el de un cardo
borriquero, aúlla en señal de despedida.

Toda la familia acompaña a Anaïs al internado,
excepto él.

Quizás es injusto.

Anaïs lo acaricia por última vez deslizando la
mano entre los barrotes.

–Adiós, Zorro mío…

Después, de un salto, Anaïs monta en el mono-

volumen. Papá cierra la puerta. Detrás, el bebé Noé (que tiene nueve meses) preside desde su silla y los gemelos, Mateo y Benito (de ocho años), sobreexcitados como de costumbre, se pelean por la consola.

Cuando todos se han abrochado el cinturón de seguridad, el señor Perrot arranca. Anaïs contempla cómo desfilan las casas y las tiendas de su barrio. Lise Perrot, sentada delante, se vuelve hacia su hija. Son igual de pelirrojas.

–¿Todo bien, ardillita mía?

–¡Perfecto!

Anaïs sueña con aventuras…

Ya el internado es una especie de aventura…

¡Pues que viva el internado!

–Este año –dice entonces Julien Perrot– intenta aprobar tu *segundo sexto de Primaria,* ¿de acuerdo?

¡PUM!

Sus padres la han matriculado en un internado porque repite curso. Papá podría haber evitado recordárselo, ¿no? Piensa en eso tres segundos pero, en lugar de darle vueltas, prefiere imaginar cómo será su internado: ¡Mont-Rose!

Bonito nombre, ¿verdad?

Será genial…

Capítulo²

¡Bienvenid@!

13

¡**E**n Mont-Rose, un castillo del siglo XIX edificado sobre una colina y rodeado por grandes árboles, tiene lugar la cuenta atrás!

¡3, 2, 1, 0...! ¿Está todo preparado para la llegada de los nuevos internos?

El señor Mandois, el director, ha echado un último vistazo a su colegio. Ha inspeccionado todo el oeste, la zona de los chicos y, después, la torre este, donde se alojan las chicas. Ha recorrido las aulas, el bar y, tras haberse detenido en la biblioteca, ha comprobado la comodidad de la sala de la televisión...

Conclusión: ¡OK, nada que señalar!

O, mejor dicho, señalemos que Mont-Rose está en perfecto estado. El señor Mandois, ya tranquilo, se dirige entonces hacia el vestíbulo, una estancia magnífica, con un suelo de mármol blanco y negro, que tiene una gran lámpara de araña en el techo, recuerdo de cuando el castillo era una residencia privada.

El equipo pedagógico espera allí a los alumnos. El director hace una pequeña señal a la señorita Keller, la psicóloga de sexto, que se acerca. En Mont-Rose hay un «psicólogo» por clase. Están allí para consolar, ayudar o dar ánimos a los internos que tienen dificultades en los estudios; o, simplemente, están desanimados...

El señor Mandois anuncia a la señorita Keller que tendrá una interna... muy especial: ¡la hija de Jessica Jewel!

—Me ha telefoneado esta mañana para decírmelo.

El director no dice nada más y se marcha dejando a la psicóloga intrigada, encantada y, en definitiva, completamente alterada. Jessica Jewel es su actriz favorita.

¿Mimar a su hija? ¡Évelyne Keller ya se imagina haciéndolo!

El señor Mandois ha salido un minuto.

Los padres llegarán por el paseo central: ¡ojalá les cause una buena impresión! El director escruta los alrededores.

Veamos... Delante de la escalinata de entrada, la explanada que sirve de aparcamiento está impecable. A la izquierda, a 50 metros, el campo de fútbol está más verde que si fuera inglés. A la derecha, el patio del recreo parece un jardín, con sus grandes árboles y su glorieta de hierro forjado...

¡UFF!

Todo está perfecto.

En ese instante, una voz aguda cae del cielo:

–¡Eh, papá, mira, una sorpresa!

El señor Mandois, alarmado, eleva la vista. Inclinado en el balcón del primer piso (el balcón de SU despacho), un chiquillo, embadurnado de pintura, acaba de colgar...

–¿QUÉ?

...una pancarta, exactamente eso, donde ondulan las siguientes palabras con letras pintadas de color rojo sangre:

BIENBENID@ A MONT-ROSE

–¡Ulysse! –grita el señor Mandois–. ¿Quién te ha pedido que decores la fachada? ¡Además, hay una falta de ortografía! ¡Quita esto inmediatamente!

¡Demasiado tarde!

Acaba de aparecer un coche al final del camino: en él va el primer alumno que llega al colegio. El señor Mandois se dirige al interior del edificio y, por la escalera de mármol, sube los escalones de cuatro en cuatro hacia su despacho.

Ulysse ya no está allí.

«Para un viudo, resulta imposible educar a un niño de once años...», piensa una vez más el señor Mandois.

Reprime un suspiro, se sienta en su silla y se dispone a recibir a los padres de los alumnos.

●

Los primeros en llegar, el señor y la señora Joigny, entran, precedidos por Jade, su hija, una encantadora muñeca asiática, pequeñita, delicada y morena, mientras que ellos son rubios y regordetes.

—¡Qué amable de su parte, señor director, el poner esa pancarta! —exclama la señora Joigny.

El señor Mandois, con la mirada huidiza, se aclara la garganta.

–¡Estoy encantado de volver a tenerte por segundo año con nosotros, Jade! Aprobarás una vez más con nota, estoy seguro.

Jade sonríe.

–¡También yo estoy segura!

Desde el primer año, ha trabajado siempre bien...

El director le sonríe.

–Realmente eres una alumna ejemplar, por eso, hoy te propongo que orientes a los nuevos...

En Mont-Rose, el primer día de clase, algunos alumnos «más veteranos», elegidos con mucho cuidado, guían a los «nuevos» por todo el edificio.

Jade enrojece de orgullo.

capítulo 3

¡Un plan supertop!

Con unas enormes «gafas de incógnito», Jessica Jewel conduce deprisa (y bien) su cupé gris metalizado. Enfila hacia el norte. Ahora, París está lejos, muy lejos; queda atrás.

Fleur deja escapar un gran suspiro.

–¿En qué piensas, pequeña florecilla del campo?

–Pienso en que pareces muy contenta de deshacerte de mí.

–¡Continúa en ese tono y será la gota que colme el vaso! –le espeta Jessica Jewel.

A veces, su barniz de estrella se borra… ¡y la cosa pinta muy, muy mal! Fleur no insiste. Echa un vistazo a la manecilla del reloj del salpicadero: 15.45h.

¡Cielos!

¡Solo le quedan quince minutos de libertad!

¡Y cada vuelta de rueda roba un poco del tiempo que le queda! Fleur querría apoyar la cabeza en el hombro de Mamá, pero no se atreve.

–Querida…

La voz de su madre la sobresalta.

–…¡Voy a darte un buen consejo!

–¿Que me lave los dientes por la mañana y por la noche? ¡Ya lo sé!

Jessica Jewel finge no tener en cuenta esta insolencia.

–Sé un poco positiva, Fleur –dice–, y verás cómo tu vida cambia.

–Precisamente lo que quiero es que siga exactamente igual.

¡No lo resolveremos nunca!

Mamá, enojada, conecta la radio. Un muro de música la separa de Fleur. ¡Como si fuese el momento, a media hora de despedirse!

Se siente ahogada por la cólera, o la tristeza. Y por eso…

PIENSO ESCAPARME DEL INTERNADO…

Ya está.

¡Así aprenderá su madre!

Hablarán de ello en los periódicos, seguro.

«¡La hija de Jessica Jewel ha desaparecido!... La desgracia de los hijos de las estrellas... La lujosa soledad de una niña poco querida...»

¡Qué escándalo! ¡Y la reputación de Mamá...! ¡Se verá obligada a volver a tenerla en casa! O será papá quien decida tenerla entonces con él... ¡y no solamente en vacaciones!

¡Eso es un plan! ¡Un superplán! ¡El *top* de los planes!
Fleur sonríe.

–Parece que estás más animada –dice su madre.

¡SI ELLA SUPIERA…!

Como Blancanieves, Fleur huye entre los árboles
negros; sus largos cabellos forman, tras ella, una cometa
de oro…

¡Lo juro!

¡Es como si ya hubiera sucedido!

capítulo 4

Dos futuras amigas...

En la salida de la autopista, Mamá conecta el GPS; una voz despersonalizada le notifica:

A 200 metros, tome el Camino del Bosque y...

Fleur tiene la impresión de que una bruja invisible las guía hasta un castillo horrible, lleno de trampas.

...¡gire a la izquierda!

Jessica Jewel va a parar a un pueblecito, Vieux-Bourg, lo atraviesa y, desde allí, sigue el camino que enfila hasta lo alto de una colina arbolada...

Gire a la derecha.

Ya está. Han llegado a Mont-Rose.

Al otro lado del gran portalón abierto, los «árboles negros», mecidos a un lado y a otro, parecen inclinarse sobre el camino principal que conduce a este horrible castillo…

Fleur empieza a llorar.

A través de sus lágrimas, ve acercarse a toda velocidad las dos torres cuadradas de Mont-Rose…

Se suena desesperadamente, mientras la señora Jewel aparca el coche, en la explanada, al lado de un monovolumen que acaba de hacer lo mismo.

Se abre una puerta del coche.

Una niña en tejanos y camiseta sale del interior de un salto… ¡Uups! ¡Qué energía! Su pelo rojo lanza breves destellos alrededor de su cara redonda y… ¡parece CON-TEN-TA!

Su papá, que ha bajado al mismo tiempo que ella, abre el maletero para sacar una mochila repleta y una vieja maleta a punto de reventar…

–¡Toma, cógela, Anaïs! –indica a la pelirroja.

Del monovolumen salen también dos chiquillos que gritan a la vez:

–¡Espera, te ayudamos!

Se pelean por la maleta. Su padre coge entonces la mochila… ¡Hop!

Fascinada por esta familia numerosa, Fleur se siente terriblemente como una «hija única».

–¡Muévete, cielito! –se impacienta Mamá.

Fleur sale del cupé, al tiempo que la madre de Anaïs lo hace del monovolumen. No es tan chic como Jessica Jewel, pero tiene en sus brazos «algo» que Mamá no tiene: un bebé.

¡QUÉ SUERTE!...

Anaïs tiene un hermanito pequeño: ¡el sueño de Fleur! Le encantaría que la hermana mayor se lo prestase... ¡aunque solo fuera por cinco minutos! En ese instante, la actriz se quita sus «gafas de incógnito». ¡Efecto teatral! Los padres de Anaïs exclaman:

–¡Jessica Jewel!

Ella les dirige su mejor sonrisa (de auténtica estrella), antes de sacar del maletero las pertenencias de Fleur: una maleta nueva, una cartera brillante y llena hasta los topes a juego con una pequeña mochila y una magnífica chaqueta, roja con botones dorados.

«Un auténtico traje de hija de estrella...», piensa Anaïs.

No puede impedir observar a Fleur.

Es demasiado bonita... y va tan bien vestida..., aunque tiene un aire un poco triste, también..., ¡y parece muy amable! ¡Sería increíble que fueran amigas!

Anaïs se lanza.

–¿A qué curso vas a ir? –pregunta a la «hija de la estrella».

–A sexto.

–¡Yo también!

Se sonríen.

En ese instante, un reloj invisible toca las cuatro campanadas de las 16.00h.

«Demasiado tarde para dar marcha atrás...»

–Fleur, date prisa –dice su madre.

Cargadas de bultos se dirigen a la entrada del edificio. La familia numerosa las sigue.

–¿Has visto, Mamá?

Fleur señala la pancarta manchada de pintura que cuelga por encima de la puerta.

–¿A qué viene ese horror? –se pregunta Jessica Jewel.

–Pues es un mensaje de bienvenida...

Y Anaïs añade:

–Simpático y divertido, ¿verdad?

–¡Sí, simpático y divertido! –asiente Fleur.

Aunque...

Este mensaje no basta para subirle la moral...

Capítulo 5

... ¡+ una tercera!

Con la familia numerosa pisándoles los talones, la actriz y su hija entran en el vestíbulo abarrotado de Mont-Rose.

¡Santo cielo! ¡Qué alboroto!

A Fleur le da un repentino ataque de pánico; Anaïs, por su parte, lo encuentra divertido. La disciplina de Mont-Rose no parece demasiado estricta. Los «antiguos» (chicos y chicas) se reencuentran…, se llaman…, ríen…, se dan besos. Esto sucede en la escalera.

Los «nuevos», como polluelos asustados, se refugian bajo el ala de sus padres, que esperan a ser recibidos por el director.

Con un nudo en la garganta, Fleur se agarra a su madre.

–Vamos, querida –susurra esta–, ya no tienes tres años...

–¡Qué lástima!

Entonces Anaïs pone su mano sobre el hombro de Fleur.

–No te preocupes, será guay, ya lo verás.

–¿Cómo lo sabes?

–LO PRESIENTO.

Fleur explota de risa, muy a su pesar.

–¿Acaso has traído tu bola de cristal?

–¡No la necesito! –exclama Anaïs–. Tengo un «ojo láser».

En estas, se acerca alguien con una ridícula falda plisada azul cielo y un cárdigan a juego. En la solapa luce una placa que indica:

Señorita Keller

6.º

–Señora Jewel –balbucea con un nudo en la garganta.

Otra fan de *Pormenores que matan*...

¡No está sola! En cuanto pronuncia el glorioso nombre de la actriz, se dan la vuelta diez curiosos más.

Fleur se ruboriza.

¡Es cierto que esa gente mira a su madre, pero también a ella! En seguida empezarán a cuchichear.

¡Es horrible ser hija de una estrella!

Allí de pie, Mamá le da un codazo para que escuche a la señorita Keller.

—Soy tu psicóloga, querida Fleur… —comienza.

—¡Y también la de mi hija Anaïs! —se permite interrumpir la señora Perrot.

Embelesada por su actriz favorita, la señorita Keller había olvidado a la familia numerosa e intenta reparar su metedura de pata.

—Efectivamente —afirma entusiasmada—, mi función es echar una mano a todos los alumnos de sexto que necesiten mi ayuda…

Fleur la interrumpe…

—¡Yo no necesito a nadie!

Anaïs se queda patidifusa: ¡qué orgullosa es la hija de la estrella! La señorita Keller parece haber masticado una pastilla de pimienta. Cuando consigue engullirla, exclama:

—¡JADE JOIGNY!

Esta se acerca, dejando a sus padres de lado.

–Querida –le dice la psicóloga–, aquí tienes a dos nuevas alumnas de sexto. Te toca guiarlas en Mont-Rose.

Jade les sonríe.

–¡Hola!

–¡Soy Anaïs Perrot! –saluda a voz en grito la pelirroja.

Después presenta con orgullo a la hija de la estrella, que considera un poco de su propiedad, ya que la ha conocido primero.

–¿Sabes? ¡Es Fleur JEWEL!

–No, Jewel, no. Es FONTANA.

¡Jolín! Su madre es famosa, pero ella lleva el apellido de su padre. Están divorciados desde hace mucho tiempo. No importa. Ella lleva su apellido.

Después de esta puntualización, Fleur ya no se atreve a mirar demasiado a su madre.

Las tres internas intercambian los besos de rigor.

La señorita Keller, a media voz:

–Todo va de maravilla, ¿lo ve, señora Jewel?

La actriz responde (con un suspiro):

–Me gustaría creerla. Por desgracia, mi hija es imprevisible…

Fleur lo ha oído todo; estas palabras la hieren como si fueran una picadura de avispa.

Imprevisible...

¡Eso parece una crítica!

–¿Venís conmigo, chicas? –pregunta Jade–. Vamos al dormitorio a dejar el equipaje.

–Si queréis, vuestras mamás pueden acompañaros –puntualiza la psicóloga.

Las dos lo rechazan.

La mamá de Anaïs no puede hacer otra cosa. El pequeño Noé ha empezado a berrear...

–Tiene hambre –diagnostica Anaïs.

...¡y Lise Perrot lo lleva al coche para darle un biberón! En cuanto a Jessica Jewel, visitó Mont-Rose en verano, antes de matricular a su hija. Ya conoce el dormitorio y el resto del edificio. Deja que se espabile...

–El internado es una escuela de la vida –dice a Fleur.

En ese caso... ¡Valor! ¡Ya voy!

–Hasta luego, Mamá...

Fleur coge la maleta de ruedas, la mochila y la chaqueta roja. Siempre «perfecta», Jade se encarga de la cartera. Por su parte, Anaïs, junto a su padre y los gemelos, se ha abalanzado para recuperar sus pertenencias.

—¡Esperadmeeeee..., amigaaaaaas! —suplica a voz en grito.

«Amigas...»

Fleur saborea esta palabra como si fuera un bombón extraño y delicioso. Se diría que, por primera vez en su vida, tiene «amigas». ¡Y, por tanto, ella también lo es!

Bien.

¡No durará demasiado, puesto que huirá por el bosque, pero es divertido!

Las tres suben la escalera en fila india.

Jessica Jewel sigue a Fleur con la mirada. A su vez, su hija mira distraídamente; Mamá le responde enviándole un beso con la mano...

Inmediatamente, susurra a la señorita Keller:

—Aunque no lo demuestre, la separación me altera.

La psicóloga asiente con la cabeza, compadecida, y acto seguido se da cuenta de que ya ha oído esa frase en algún sitio...

¡Ah! ¡Sí! ¡En un episodio de *Pormenores que matan*!

–Por cierto –añade la señora Jewel con lágrimas en los ojos –, no sé si tendré el valor de decir adiós a mi querida hija...

De repente, no parece una estrella que representa un papel, sino una madre desconsolada por dejar a su hija...

capítulo 6

El dormitorio de las lágrimas

Las chicas van a parar al primer piso.

La gran escalera se detiene allí, en un amplio rellano flanqueado por cuatro puertas cerradas, dos a la derecha y dos a la izquierda. Un retrato inmenso adorna la pared del fondo. Una elegante dama con miriñaque y abanico mira a las tres internas de arriba abajo con aire altivo...

–¿Quién es? –pregunta Anaïs.

–La antigua propietaria.

Fleur murmura:

–Parece que nos mira con desaprobación.

Jade no la escucha. Señala ya la primera puerta de la derecha:

–El despacho del director...

Después, empuja la segunda puerta. Detrás hay

otra escalera, más modesta, la de la «torre de las chicas».

Se diría que estamos en la Edad Media. ¡Palabra!

–¿Hay mazmorras? –se inquieta Fleur.

Anaïs se echa a reír. La rubia protesta:

–¡No te rías! Un internado, de todas formas, es una prisión, ya que los padres te «olvidan»...

–¡Qué ideas tienes!

–Bueno..., mis padres –señala Jade con tono de superioridad– lo tienen difícil para olvidarme: les costó mucho tenerme.

Tras estas palabras, se lanza hacia la escalera.

–¿Qué ha querido decir? –susurra Fleur al oído de Anaïs.

–Quizás que fue un bebé–probeta.

¡Ah, será eso!

Las de sexto y primero de Secundaria se alojan en el segundo piso: ¡hay que trasladar las maletas hasta allí!

Tras subir tres peldaños, las dos niñas han olvidado el misterio de Jade. Fleur sube su maleta a duras penas. Pesa tanto... ¡Pero mucho menos que su corazón!

Jade las espera a la entrada del «dormitorio amarillo».

Debe su nombre, les explica, al friso con patitos que recorre las paredes.

–Bonito, ¿verdad?

–No me gustan los patos –responde Fleur.

Esta gran habitación rectangular la asusta. Diez biombos de madera la dividen en una veintena de pequeños boxes, diez a cada lado del pasillo central. Cada interna tiene el suyo, cerrado con una cortina de algodón de color ocre.

–¡Me encanta este color! –exclama Anaïs.

En ese momento, casi todas las cortinas están abiertas. Las internas se dan prisa.

Se hacen la cama…

Vacían sus bolsas o sus maletas…

¡Llenan sus armarios mientras las «antiguas» hablan a gritos!

—Silencio, por favor —reclama la vigilante.

Nadie la escucha. Con su cola de caballo rubia, sus tejanos y su camiseta «I love NY», parece más bien una hermana mayor.

—Hola, a las nuevas —dice—. Me llamo Elise.

Anaïs tira de la manga de Fleur.

—Tenía razón: ¡esto es realmente guay!

Si ella lo dice… Pero Fleur se siente sola, sola, sola… ¡Cómo echa en falta a su madre, de repente!

«Debería haber subido conmigo…»

Hay una «nueva» que solloza en los brazos de su madre. ¿Por qué no ella? Mientras la vigilante marca su nombre y el de Anaïs en una lista, Fleur da un paso atrás. Bajar las escaleras… Lanzarse al cuello de Mamá… Implorarle, convencerla y… rápido, rápido, rápido… ¡volver a París con ella!

Desgraciadamente…

–Seguidme, voy a mostraros vuestros boxes –dice Elise.

¡DEMASIADO TARDE!

Fleur baja la cabeza para disimular sus lágrimas.

Sobre el pavimento del pasillo, las ruedecillas de la maleta chirrían de un modo siniestro…

●

¡PERFECTO!

Los boxes de Anaïs y Fleur son contiguos.

–Podremos hablar por la noche, ¿eh? –se exalta la pelirroja.

Fleur le dirige una sonrisa melancólica.

En ese instante, Elise abre las cortinas amarillas.

¿Y qué ven las internas?

Una cama con una lámpara…

Un armario de una sola puerta…

Un taburete…

Además de un lavabo diminuto con una minirrepisa y un espejo… ¡microscópico!

–Naturalmente –precisa la vigilante– hay una gran sala de duchas al lado del dormitorio.

¡Menos mal!

Fleur contempla su box horrorizada.

–Demasiado bonito, ¿verdad? –vocifera Anaïs, detrás de la cortina.

¡Hola, extraterrestre–siempre–contenta! ¿Vale la pena responderle? ¡Es inútil! No viven en la misma galaxia.

–Ahora –interviene Elise– tenéis que guardar vuestras pertenencias y haceros la cama.

Fleur balbucea:

–¡Pero es que yo no «he hecho» nunca una cama!

–Pues ya es hora de que aprendas –dice Elise.

–¡No lo necesito! En casa, nuestra señora de la limpieza se encarga de «todo eso».

La vigilante ironiza:

–¿Por casualidad no serás un poco «hija de papá», verdad?

¡No importa! Total…, para lo que ve a su papá…

La boca de Fleur tiembla.

–No te preocupes –dice Jade–. ¡Yo te ayudaré!

52

Entonces aparece Anaïs.

—¡Yo también!

¡Rápido! Despliegan la ropa de cama apilada a los pies del colchón. La sábana vuela, también la funda nórdica, y la funda de la almohada ídem. ¡Abracadabra! La cama está lista en tres minutos.

—¿Has visto, Fleur? —pregunta la vigilante—. ¡No es nada del otro mundo!

«¡Bueno, sí!»

Parece una hermana mayor pero administra las lecciones de moral «como una adulta». Para imponerse. Pues ha fracasado. No impresiona NI LO MÁS MINÍMO a Fleur.

Dando la espalda a Elise, guarda sus cosas con cuidado, como si fuera a quedarse en Mont-Rose.

¿Por qué?

Porque si quiere llevar a cabo su plan *supertop,* debe parecer LA interna modelo. Toque final (y genial): Fleur saca a Aristote de su bolsa. Lo sienta en la almohada.

¡Bien hecho!

Alguien que enseña su mascota de peluche *parece*

que se siente a gusto, ¿verdad? Además, el verle allí, como si la protegiese, le reconforta...

Con un traje rosa, Aristote observa todo con sus ojitos, su hocico impertinente y sus orejas puntiagudas...

¡La rata de peluche más bonita del mundo!

Es un regalo de Papá.

capítulo 7

¡Abandonada!

¡**Y**a está!

Los estantes del armario están llenos. Fleur se apresura a colgar su chaqueta roja en una percha...

–Es superbonita –murmura Jade.

Nunca ha llevado una prenda tan chic, adivina Fleur.

–¡Pruébatela, si quieres! –le dice.

Mala suerte, Elise (a tres pasos) objeta:

–¡Ni hablar! En Mont-Rose el reglamento prohíbe prestarse o intercambiar prendas de ropa.

En seguida suena su móvil; responde vuelta de espaldas. ¡Guay! ¡La ocasión que esperaban! Jade se prueba la chaqueta roja. ¡Demasiado grande para ella! Le cuelgan las mangas. Las niñas se ríen.

–¿De qué os reís? –pregunta Anaïs.

Estaba colocando sus cosas «en su casa», pero se acerca rápidamente a «casa de Fleur». Justo en ese momento, ¡clic!, fin de la comunicación. Elise anuncia en voz alta:

–Daos prisa, las de sexto. La señorita Keller acaba de llamarme: ¡os espera en vuestra clase!

Jade se quita la chaqueta precipitadamente. ¡Ay! Un botón dorado se resiste. La vigilante se da la vuelta... y ¡pesca a Fleur desprevenida!

–En lugar de desobedecer –le dice secamente Miss Reglamento–, guarda tu maleta vacía en el depósito de las maletas.

Anaïs interviene:

–¡Voy con Fleur!

–¡Y yo les enseño dónde está! –se apunta Jade.

Siendo tres somos más fuertes. ¡Gracias, chicas! Enfilan hacia el fondo del dormitorio, donde está el depósito.

PERO...

Para demostrar a Miss Reglamento que ella obedece (o desobedece) CUANDO QUIERE, Fleur se detiene de camino para mirar OSTENSIBLEMENTE por la ventana...

Un vistazo muy, muy interesante.

El dormitorio amarillo da a la parte de atrás del castillo, al lado más abrupto de la colina. Abajo, Fleur ve una gran terraza de la que desciende una escalera impresionante. Sus escalones se pierden entre los árboles espesos...

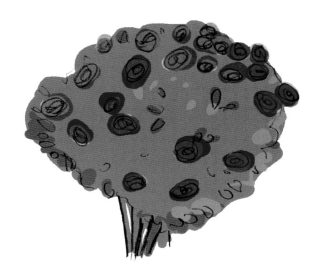

–¿Sabes? –comenta Jade–, esta escalera lleva a una rosaleda…

–¿Qué es?

–¡Pues un lugar lleno de rosas!

–Debe de ser bonito… –se extasía Anaïs.

–Sí. Y está muy cerca del pueblo. Para ir a Vieux-

Bourg hay que pasar por allí. Hay una puerta en el muro.

Más lejos, efectivamente, se puede ver la línea gris del muro que rodea Mont-Rose…

¡Genial!

Estas informaciones trastornan a Fleur. ¡La libertad está a dos pasos! Seguramente, en Vieux-Bourg hay taxis para regresar a París…

—Chicas, os informo de que está PROHIBIDO bajar por este lado sin la compañía de un adulto —interviene Elise.

A Fleur se le escapa la risa.

●

Cinco minutos más tarde, los de sexto están en el vestíbulo de la torre cargando sus carteras. En total son seis o siete niñas y un par de niños. Jade, guía concienzuda, acompaña a Fleur y Anaïs.

La señorita Keller espera a sus «pequeños» en el dintel de la puerta de la clase.

—Esta clase será vuestra «casa» durante el año

escolar –les dice–. Si tenéis ideas para la decoración, *collages,* dibujos, ramos de flores o pósters de futbolistas, decídmelo.

El aire de libertad se le ha subido a la cabeza a Fleur. De repente, se siente, muy, muy mala. Levanta la mano.

La señorita Keller sonríe.

–¿Sí?

–Quisiera pintar todas las paredes de negro. De luto.

Anaïs explota de risa.

–¡Venga!

La psicóloga ya no sonríe.

–¡Venga! Entrad, niños –dice.

A pesar de que los pupitres están colocados uno al lado de otro, la clase parece más bien un antiguo salón. Hay un pasillo de mármol con un gran espejo, molduras en el techo y un piano colocado contra la pared.

Fleur capta también un detalle esperanzador: por la vidriera se ve el ancho camino de la salida. Algunos padres empiezan a marcharse; algunos coches se dirigen hacia la verja. Y, de repente, en la fila de coches, Fleur reconoce un cupé metalizado...

Deja escapar un grito incrédulo:

–¡Mamá!

¿Se marcha sin haberle dado un abrazo, sin ni siquiera haberle dicho adiós? IMPOSIBLE. Fleur corre a la ventana, intenta abrirla, no lo consigue, la sacude, se apoya en ella, vuelve a llamarla...

La señorita Keller se precipita hacia ella.

–Escucha, Fleur, tu madre estaba demasiado triste para quedarse. Me ha pedido que te lo explique y que tú lo entenderías...

SÍ. LO COMPRENDO.

COMPRENDO QUE ME HA ABANDONADO.

Con el rostro entre las manos, Fleur se deja caer sobre un pupitre.

–Sé razonable –la sermonea la psicóloga–. El viernes al mediodía saldrás para disfrutar del fin de semana con tu madre. Solo hay que esperar cuatro días y medio…

¿Cuatro días? ¡Cuatro siglos!

De todos modos, Fleur se escapará ANTES. MUCHO ANTES.

Si puede, hoy mismo.

Un chico divertido...

Fleur se ha secado las lágrimas.

Se han vaciado las carteras y llenado los pupitres.

La señorita Keller enumera el programa:

1) Adiós a los padres

2) Comida en el comedor

3) Descanso en la «sala de la televisión», antes de la cena, a las 19.30h…

Cuando escucha este horario tan minutado –el internado es una prisión–, a Fleur se le pone la piel de gallina. Sin embargo, sigue a las demás por el vestíbulo. Hay que hacerlo.

PERO NADIE ESPERA A FLEUR, NATURAL-MENTE.

Y se diría que sus compañeras ya se han olvidado de ella.

Anaïs corre hacia su numerosa familia.

–¿Va todo bien, ardillita mía? –pregunta su mamá.

–¡PERFECTO! ¡Ya tengo dos amigas GENIALES!

–Entonces, ¿no nos añorarás? –balbucea su papá.

Unas lágrimas repentinas e inesperadas inundan los ojos de Anaïs...

●

Jade ha sido abducida por su padre y su madre.

Fleur constata que no se les parece en nada. «Les costó mucho...» ¿Así que eso significa «adoptar»? Vale. ¡A decir verdad, A Fleur tanto le da! Se aparta. Siente que está de más.

La señora Joigny acaricia la mejilla de Jade.

–¿Has guiado bien a tus nuevas compañeras, cariño?

–Sin ningún problema.

–Todo lo que hace Jade está bien –presume la señora Joigny.

Su hija esboza una sonrisita...

Fleur ha acabado sentándose en el primer peldaño de la escalinata e imagina posibles formas de fuga.

Sale y se esconde dentro de uno de los coches que se van. (Al cabo de una hora, llama al timbre de su casa…)

Sale y se planta en el centro de la «rosaleda». (Al cabo de una hora, todo Mont-Rose la busca…)

Sale y…

–¿Qué haces aquí? –pregunta una voz chillona.

«Espero el momento adecuado para fugarme…»

Fleur levanta la nariz.

Plantado delante de ella, un muchacho delgaducho la observa.

–Espero a mis compañeras –responde Fleur con desdén.

Seguramente es más joven que ella. Sus cabellos negros, engominados, forman pequeños cuernos. ¡Este bebé intenta parecer mayor!

–Yo soy Ulysse –dice.

Fleur permanece muda. No tiene ningunas ganas de presentarse a un niñato, ¡que además tiene las manos manchadas de pintura! Él le sonríe sin desanimarse –dientes grandes, muy cuadrados, todavía de final irregular–, y se sienta en el escalón.

–¿Estás contenta de estar aquí?

–En absoluto.

–Empezamos bien –se burla Ulysse.

NO.

ESTO EMPIEZA MAL. MUY MAL.

–¿Me dejas? –gruñe Fleur–. No tengo ganas de hablar.

–De acuerdo…

Ulysse se levanta de un brinco.

–…No me pareces interesante.

Tras escupir este insulto, Ulysse se marcha. ¡Ya era hora! Fleur no reacciona. ¡Tiene uno de esos accesos de melancolía repentinos!

¿Cómo se las arregla?

Apenas recién llegada a Mont-Rose y ya tiene en contra a Miss Reglamento, a Ulysse, e incluso a la señorita Keller.

Sin contar a sus amigas, nadie la quiere.
¿Y entonces?
¡TANTO LE DA!
Puesto que se fugará…

¡La salida por aquí!

El vestíbulo se ha ido vaciando poco a poco.

Fleur todavía está sentada en la escalera.

–¿Vienes? –pregunta Anaïs a voz en grito.

Fleur se levanta de golpe mientras que Jade propone a continuación:

–¿Vamos a merendar?

¡Qué descanso…! Sus amigas no la han olvidado. En cuanto sus padres se han marchado, vienen a buscarla.

Perfecto, ¿verdad?

Entonces, durante UN segundo, Fleur ya no tiene ganas de dejarlas. Razona. No se quedará en Mont-Rose solamente por dos amigas…

Con la cabeza gacha, las sigue al comedor.

●

Esta sala se encuentra en la planta baja.

¡Gracias a sus mesas redondas, se podría (casi) pensar que se trata de un auténtico restaurante! Sus grandes ventanas están abiertas y, allí, Fleur queda en estado de *shock:* dan sobre la famosa terraza que se ve desde el dormitorio amarillo…

Entonces… en la parte superior de la escalera…

¡Está la salida!

Fleur siente de golpe demasiado calor o demasiado frío, ya no lo sabe.

«Ha llegado el momento.»

El comedor está lleno. Las de cuarto y las de tercero de Secundaria (que han colonizado varias mesas) arman un jaleo de espanto. El único vigilante, un joven con gafas, la ha tomado con ellas.

–¡Siiiiiiiilencio, las mayores!

Ni siquiera mira a los pequeños. ¡Y Fleur Fontana se le escapará…!

A esto se le llama tener suerte…

Para «celebrar el comienzo de curso», la cocinera,

apostada tras el mostrador del autoservicio, sirve bollos a los internos. Cuando le llega el turno, Fleur toma una caracola de pasas, un vaso de limonada y se va...

–¡Chicas, busco una mesa!

Encuentra una cerca de la ventana abierta y deja su cargamento...

Y nadie la ve salir. Su corazón late como un tambor.

Fleur baja a toda velocidad uno, tres, cinco escalones de la escalera exterior...

Está tan tensa que siente mucho vértigo.

En cuanto pueda refugiarse entre los árboles, todo irá mejor. Lo sabe. En ese instante casi deja escapar un grito.

¡ARISTOTE!

¡No dejará aquí... el regalo de Papá!

Fleur deshace el camino con grandes zancadas furiosas. Nada de nervios. Todos están en el comedor. En tres minutos llegará al dormitorio, cogerá su peluche y... ¡Oh, no!...

¡Ulysse! Ha aparecido, allí arriba, en el primer peldaño de la escalera.

A decir verdad, tiene muy mala pata.

Presa del pánico, Fleur da media vuelta y desciende algunos escalones.

Ulysse grita a su espalda:

—¡Eh, tú! ¿Dónde vas?

Ella se da media vuelta: él la sigue. Se le acerca. Se dispone a atraparla.

¿Por qué se entromete?

—¡Basta ya, perrito fiel! —chilla Fleur—. ¡No te he silbado!

Al girarse se desequilibra. Fleur resbala sobre una

piedra, se tuerce el pie y… ¡ay!, cae como un saco de patatas dos escalones más abajo.

Se ha quedado sin aliento.

Ulysse la ha atrapado.

–Has tenido suerte –comenta–. Habrías podido ir directa a la rosaleda.

Fleur no responde. Se frota el tobillo. Tiene ganas de llorar. Se siente decepcionada, humillada, desesperada.

Y además: DETESTA a este engendro.

–¿Dónde ibas tan deprisa? –pregunta él.

–A ver las rosas…

«Nadie debe saber la verdad.»

Fleur intenta levantarse… ¡Ay!

–He debido de hacerme un esguince –balbucea.

–Espera, te ayudaré…

¡Verse obligada a aceptar la ayuda de un enemigo es muy duro!

Ella, cojeando; él, ayudándola. Su retorno al comedor es muy notorio… Supernotorio, incluso el director está allí.

Está dando su discurso de bienvenida a los alumnos en medio de un silencio que se corta con un cuchillo:

–¡Estáis ante un año genial, chicos! Aquí, en Mont-Rose, seréis felices con el trabajo escolar y con todas las actividades que ofrece nuestro colegio que…

Telón.

El señor Mandois acaba de descubrir a la herida y a su salvador.

–¿Qué has inventado ahora, Ulysse? –grita.

–¿Yo? Nada…, papá.

Fleur ya no escucha lo que sigue.

«Papá».

Esto no es tener mala pata, es un ensañamiento de la mala suerte, como en las tragedias griegas…

Ulysse es el hijo del director y de eso a que se chive…

Fleur rompe a llorar.

capítulo 10

Mañana será otro día

—... ¡**Y** hace muy buen día! –anuncia Anaïs.

Fleur ha llorado toda la noche, con la nariz en su peluche Aristote. Pero adoptando la «actitud positiva» de Mamá, se ha dicho: «¡Mejor!». Por lo menos, esta mañana ya no le quedan lágrimas. Incluso considera la situación desde otro punto de vista...

Nadie se fuga a la pata coja, ¿verdad?

Y le duele demasiado el tobillo para huir, aunque «no tenga nada», según la enfermera del colegio (que no tiene ni idea). Fleur decide, pues, posponer su superplán.

Baja valientemente hacia la primera clase del curso.

¿Quién está ahí? ¡El hijo del director! ¡Qué (desagradable) sorpresa! ¡Sobra un niño en la clase… y tiene que ser él!

–¿Vas a sexto? –se asombra Fleur.

Él la fulmina con la mirada.

–¿Te molesta?

Fleur se encoge de hombros y se sienta en su sitio. ¡Qué suerte, la silla de su lado está vacía! Tiene más sitio para sus cosas.

–¡Qué lástima! –se lamenta Anaïs–. No estamos juntas…

–Pero lo estaremos en el recreo, ¿verdad?

–¡Claro, claro!

Treinta segundos más tarde una bolita de papel aterriza sobre el pupitre de Fleur.

La despliega con una mueca de reina aburrida.

No me e chibado

U.

En ese instante, la profesora de francés, que revuelve sus notas, levanta la cabeza y ordena:

–Coged un papel en blanco. Empezaremos por un ejercicio de ortografía.

Fleur explota de risa.

La señora Ignace no se enfada cuando la puerta se abre de improviso dejando ver una masa marrón de cabellos rizados, una externa venida de Vieux-Bourg.

–¿Ech echta la clache de chexto?

Su boca estaba obstruida por un aparato brillante.

–Choy Chalomé Chole –precisa– y me he perdido...

Fleur intercambia una mirada cómplice con

Anaïs. ¡Huy! ¡Traducid! La señora Ignace no lo necesita:

–Salomé –le dice–, siéntate al lado de Fleur…

Esta desaloja el sitio en cuestión. La recién llegada se sienta.

–También me llaman Bouboule, ¿sabes? –susurra.

¿Primera confidencia? Fleur la acepta con una sonrisa. Hoy se siente aliviada. Apostaría a que hoy le sucederán un montón de cosas supergeniales…

–Escribid una carta de una página a quien queráis –continúa la señora Ignace–, explicando vuestro primer día de colegio.

Anaïs coge su bolígrafo. ¿Qué puede explicar?

Hola, mamá:

El primer día de colegio encontré a mi mejor amiga. El nombre le va que ni pintado: Fleur…

Esta es la verdad.

Pero ella no se parece a los mayores (ni a los profesores). Y por eso Anaïs garabatea:

El primer día de colegio entré por primera vez en Mont-Rose, un castillo un poco especial…

Toda la clase piensa, con la cabeza inclinada.

Ulysse suspira una, dos, tres veces y permanece inmóvil ante el papel. La idea de hacer faltas de ortografía le angustia. Se decide a garabatear:

¡Hola, abuelo!

El día de la buelta al colejio, salbé a una niña mui deshagradable...

Fleur ha elegido su pluma de las grandes ocasiones. Le encanta escribir y va a demostrárselo a la señora Ignace (que le pondrá un nueve).

Querido papá:

En los cuentos de hadas, las lágrimas se transforman en perlas, tú me lo has dicho a menudo y, ¿sabes?, esto es precisamente lo que me sucedió el primer día de colegio, en Mont-Rose...

Dirige la mirada hacia la ventana...

Como Blancanieves, Fleur huye entre los árboles negros; sus largos cabellos forman, tras ella, una cometa de oro...

(Continuará)

La autora

¡Yo también estuve interna durante cuatro años! Este recuerdo me ha permitido imaginar a las heroínas de Mont-Rose. Fleur, Anaïs, Jade, Salomé (y las otras) se parecen mucho a las compañeras que tuve. Se llamaban Martine, Daisy, Brigitte, Sylvie y Denise. Estábamos internas en un gran castillo... ¡donde no había ni un solo chico! En las horas de estudio, yo me inventaba historias en las que había guapos caballeros. ¡Me habría encantado tener un amigo como Ulysse! Y ahora, cuando escribo las aventuras de las 3 amigas, me divierto mucho enfrentando a mi «amigo» con estas «pequeñas y terribles mujercitas»...

www.annemarie-pol.fr

93

La ilustradora

Yo no estuve nunca interna, pero mi hermana sí, durante todo el bachillerato, y nos ha explicado mil divertidas anécdotas. Naturalmente, me he inspirado en ellas para ilustrar *Las 3 amigas*. Aunque también he recurrido a mis recuerdos: ¡a la edad de Fleur, Anaïs y Jade yo iba al colegio en Estados Unidos! Teníamos una biblioteca enorme y me encantaba leer. También me acuerdo de que dibujábamos mucho en clase. Sin duda, la mezcla de todo ello ha contribuido a que me guste ilustrar historias... ¡Y eso es lo que hago desde hace algunos años, siempre con el mismo placer!

Horario escolar

Volverás a encontrar
a Fleur, Anaïs y Jade en...
«¡Las chicas al poder!»